歌集

祈念

松岡正富

砂子屋書房

＊目次

I

II

装本・倉本　修

歌集　祈念

I

平成二十六（二〇一四）年十月～平成二十八（二〇一六）年二月

鶏頭

再びの秋のいのちを謳《うた》へよと我に真向きて鶏頭真つ赤

重たけく鶏頭ややも顔あげて秋逝くはやし詠めと促す

ミリタリー回帰憂ふるわがこころ知りてか鶏頭黒ずみきたる

険しかる世を案ずるや鶏頭はいよいよ赤くうなだれにけり

うなだれて咲くには非ず世を憂ひ抗ふ色か鶏頭花冠

外《と》つ国の反政府デモに想ほゆる無風無音のニホンの不気味

若きらよ熟知しゐるやミリタリー回帰願望アベノミクスを

ヤングらよ召されむ明日に備ふべし秘密保護法施行せまれり

秘密保護法反対デモに参じ得ず歌詠む我は九条の擁護

戦前に酷似し来たれる今の世を直視し詠めと鶏頭真つ赤

八十八になりたりしかば戒めはわれ軍国つ子への洗脳回顧

むかご

深みゆく秋の色とし見上げけり老樹を登る零余子《むかご》の根つ子

愛らしき名とぞ仰げり橙《だいだい》の樹の天辺に鈴生り零余子

橙の樹のいただきに竿ふりて落とすたわわな零余子の球根

秋の香の立ちくるかなや零余子の実まぜて新米炊《た》き上がりたり

不戦憲法壊さむやからいや増して戦はむ我が歌ぞ重たし

右傾化を煽るが如き本積まる大型ブックストア正面

批判精神《クリチシズム》しなびゆく見ゆマスコミよ踏むなかれまた戦前の轍《わだち》

指触るる人をし待ちて韮の花そつと黒き実地に落とすとぞ

蓮根

蓮根はわれの好物とり別《わ》けてテンプラはたまた酢レンコン

泥の底に忍従いくとせ活力を貯へくるる蓮根の恩

短歌の新聞めくりゆけども明日の国みつむる一首に遂に遇はざり

九十に近くしなれば歌よみて清書し投函し苦楽を悟る

学ぶべき多々あり今も濡れ縁に束ねて置ける古き「アララギ」

月一首文明選に載せくれて命継ぎにきサナトリウムに

古き「アララギ」めくり見つつ驚きぬ凄《すさ》まじきまでの文明選評の言

そんたく

戦争のドキュメンタリー番組ぴたと止む忖度《そんたく》だれにぞ12・8

ニッポンをいづくに引っ張りゆかむとか見よいちにんの短かけき舌《べろ》

ミリタリー回帰の野望に備へよと尖りく青く柊《ひひらぎ》の刺

眠れざる耳に夜つぴて響きくるジミントウセン　コウメイトウセン

改憲へ議員続々当選し夜つぴてバンザイ眠れぬ耳に

実りありし年と思はめ運転免許更新はたまた歌集の受賞

賀状書きやめむか作歌中断か痛みきたれりわが首の骨

遠き耳なげかふ我の足もとにジョウビタキ来るまなこ清らに

愛らしき面影ほのぼのデンファレのほのくれなゐを胸に抱けば

充ちたりし一年なりしと歌添へて届く花束《ブーケ》に藪柑子の実

ひととせを絶やさず賜びし絵手紙を並べて見入る大つごもりに

忙しかる君わが歌を美しく印字し賜びぬ指ふれて読む

「アララギ」の恩（i）

石ひとつ鳥居に上げて帰り来し庭に鈴生りの苔桃《こけもも》の紅

寒中もプールに出向くビート板濃きくれなひを脇にかかへて

寒入りにたまひしバラを抱きなば胸ぬくみきて希望呼ぶ歌

戦争に拘泥つづけて詠み継がむ疎《おろそ》かならず歌みじかくも

納屋深く並べ置きたる「アララギ」をめくり見るかな縁に干しつつ

月に一首辛くも載せくるる「アララギ」に命つなぎし療養所の五年

実名をあげて文明のすさまじき選評を読む古き「アララギ」に

文明を恐れ敬ひ月に五首ハガキに書きぬ病重き日も

厳しかりし文明選歌後評にスリル覚えたりき「アララギ」の恩

滑るなよ己に言ひつつ硬き霜踏みて坂ゆく首牽引に

舌の色やうやく赤味もどりきて歌帖に大きく我が名墨書す

あづま屋

風寒く人来たらざる丘の上の東屋はよし木の温みあり

風いまだ冷たけれども中天に太陽は光る苑の東屋

八十八になりたる我に口触れと招くや蕾ら紅白梅の

芝焼きて黒ずむ苑は梅祭りよく来ませりと鶴の高鳴き

かがよひて曲水めぐる苑の奥ひた歩みゆく憲吉の歌碑へ

寒に耐へ門を守り来し葉牡丹の紅むらさきは春呼ぶ香り

つけしTV即に消したり我が不信いやます顔の傲岸《がうがん》の笑み

スイッチオン即消しやれる此の顔は憲法蔑視の時の人いま

体制へ眼光鋭き一連の詠みに載せゆく薄がみ栞

繊細なるかの十つ指なつかしみ飾り立たせり賜びし紙雛

逢ひたしと手書きうるはしきを掌にのせて湧きくるかなや春を呼ぶ歌

靴下にカイロを貼りて出でむとすバイブル受講の弥生一日

歌集六成る

政権へ批判のしるき歌あまた載せて漸く歌集六成る

憲法を亡きが如くに振舞へる世襲の輩《やから》いや増すばかり

肺切りし若き日ありてかにかくに憲法の変遷われは詠み来ぬ

歌どころにあらね日ふたたび来たるやも見よ政権《レジーム》の右寄りシフト

歌集六の完成よろこび励ましの文あひ次ぎて嬉しき多忙

肺切りて歪みし首に読み書きは最も悪しと言はれたりああ

春やよひ

冬長き夢ゆ覚むればほのけくもスイートピーの香に包まるる

春やよひ苺の淡きくれなゐを口ふくむとき湧く温みはや

立ち枯るる羊蹄《ぎしぎし》の影わが憩ふ石にとどかず揺れやまずけり

事態云々造語せはしき貴下らこそ先づ踏むべかりいくさ場の土を

射　干

外字紙の音読すみて歩み出づ萌ゆる草道わが足のため

雨やみて背をのべ歩む草道にペンペン草はぴんとし立てり

猪の母子を防ぐ電線張られゆきいよいよ狭きわがウォーク径

西の壁を被《おほ》ひそめにし紫はゆかりの豌豆ツタンカーメン

聞こえなくなりゆく耳を嘆かへど今日は聞きたり蛙鳴く声

若き日の母が魂を呼びにつつ描きしかひそと咲く射干《しやが》の花

不可思議なる美しさかも紫の射干の奥なるオレンジまだら

山深く駆け落ちびとのときめきを静めたりしか射干の花むら

流罪人あゆみ行きける森なかに寂とし咲きしか射干のむらさき

目を閉ぢてもの思ひをれば耳奥に届きくるありわれを呼ぶ声

晩春万花

政権への不信は怒りとなる真ひる雹は叩きゆく晩春万花

おのづから円けきこころ柏葉の間《あひ》よりのぞく白餅肌に

5・3を旗日《はたび》と決めし先達をたふとみ読まむ憲法前文

憲法の日めぐり来たりて赤々と粘りそめけり虫捕り撫子

憲法を護る歌びと集ふとぞ戦中世代の我も行きなむ

憲法の変遷詠みこし自負あらた声出し読み継ぐ己が六冊

貴下らが祖いくさ開きてどん底へ落としし史実わすれてはゐない

野あざみの刺痛けれど折りとりて胸に挿しつつ草道あゆむ

国いまし急転のとき花や鳥ただ詠む我は罪あるここち

世の動き険しかるいま花や鳥詠むは愚かと悟りをれども

可あり不可あり

窪む胸みつむる子らへ「センサウノタメ」と言ひつつプールにウォーク

外字紙の音読終へて杖持たず歩み出でなむ蓼《たで》萌ゆる径

羊蹄《ぎしぎし》のみどり芽気負ひ来《く》改憲を企む者らゆ目を逸《そ》らすなと

長生きし可あり不可あり軍国指向体制《ミリタリーシフトレジーム》立ち上げんか彼ら

米寿越えて何をせよとか紫に笑まふや大輪アーティチョークよ

どしや降りの土踏みしむれば沖縄の洞窟《ガマ》に自死せし魂か呼ぶ声

軍国《ミリタリー》シフト危ふき政権《レジーム》にまた遇はむとは大正生まれにて

必須より憲法学を退《ど》かしめし深慮遠謀いま剝《む》き出しに

聞こえざる耳嘆くなと雨の中の声は蛙か柿若葉より

老親を介護なさむとバイブルの先生にはかに帰国したまふ

補聴器のボリュームあげて席に着くイングリッシュバイブル最後の受講

難聴の我に幾とせ気配りを賜びしバイブル講師の御恩

わがこころ清まるとまで思はねど歌わき来らし聖書の音読

老い蛇

かがまりて銀盃草の花摘めば背をのべながらまた歩みそむ

祖国いま重たき岐路に立ちたりと詠みつぎ来たりて増す憂ひはや

大戦の責め負はざりし祖を継げる御仁らバンザイ多数決けふ

（安保法案）

あの日から七十年と言ふなれどまた戦さ為す国を見よとか

歌書の類めくり見やまず改憲の勢ひ阻まむ一首無きかと

独裁の匂ひのしるき政権《レジーム》に自制気味なるままのマスコミよ

はるけくも詠み来しものか高原のサナトリウム出でて六十余年

煙の木《スモークツリー》われを呼ぶごと雨に濡れ紅《べに》ほのかなる穂を垂らしたり

われと共に古りし荒屋の床下に棲む一つ蛇聡くなりしか

生き物に守り護られ今日在りと歩む小庭を飛び石踏みて

蛇こそは守り神なり床穴を塞ぐ網など我が家には無き

床下に棲める老い蛇雨に出でながなが憩ふ蓼《たで》を褥《しとね》に

黐木《もちのき》に吊るせる籠の風蘭に頬よせ宵のドアを閉ざしぬ

黙禱

穏やかに盆を過ごさせたまへよと墓石を白き布もて拭きぬ

憲法前文《プリアンブル》声出し読みつつ温きものこみあげ来たり八月十五日朝

8・15黙禱のとき陽に真向き紅く動かず紅葉葵は

もみぢ葵たかく動かず8・15正午からべを垂れゐる静寂

終戦日黙禱のときよみがへる病み臥しゐたりしかの京城を

降伏を終戦と呼ぶを肯へず詠み継ぎ来たれり証《あかし》は歌集

玉音放送終はりし刹那に目撃す植民地支配の母国の終焉

（ソウル）

外字紙の論説声出し読みゐつつ赤き線引く政権批判に

戦争を知らぬ存ぜぬの貴下らこそ責め負ふべかり母国の進路

門口に松明《たいまつ》立てて灯す火のゆらゆらとして昇天しゆく

地にかがみオクラの虫を捕る妻の柔らけき手を見たりたまゆら

人ひとり会はずましてや犬猫も来たらず夢想に草径あゆむ

曼珠沙華を胸に挿しゆく墓原に今年かぎりと魂か呼ぶ声

廃品の回収告ぐる声ひびく歩み帰りて目を閉づるとき

祈念

マスカット垂るる重たき一房を手折りたびしか詠みなされよと

モロヘイヤの葉を混ぜパンを焼く妻の手付き柔らか若き日のごと

憲法を蔑視の空気蔓延にいや増すわれか敵愾《てきがい》の詠み

政権を批判し詠めるを堂々と載せたまひたる「法曹」の恩

歌を詠むどころでなき日来《きた》るやも見よ戦争法の強行採決

卒寿まで生きてまさしく遇はむとは我が十代の日への逆流

故里は何処と聞かれて寂しかり有りとも無しともああ九十年

卒寿へと達したれども新らしき病名告げられ籠りがちなる

年を取るほどに病名増えゆかむことわり知れと黄の曼珠沙華

長生きはするものでなしと言ひゐたる母の心を諾はむとす

独りして学び相次ぎパスしたる証書出できぬ円き筒より

歩けなくなる日の予感襲ひきて歩み出でけり杖を持たずに

挨拶し登校し行く此の児らに銃担がしむ日許すべからず

「アララギ」の恩（ii）

文明を恐れ敬ひ出詠せし「アララギ」出で来ぬ納屋の奥より

拾ひ読むのみにて時のたつ忘る雨に晒されし古き「アララギ」

サナトリウムに臥しし五年《いつとせ》わが命つなぎくれにし「アララギ」の恩

「アララギ」へ初出詠は二十代か癒え難きわれ峡に臥しつつ

敵性の教科なりとて必修より消されし英語か我が十代に

いくさへと駆られゆく日にひそやけく独り学びし外つ国ことば

生か死かサナトリウムに常臥して独り学びき英独仏語

いのちありてサナトリウムを出でし日より我を支へし言葉の仕事

批判精神《クリチシズム》ちぢむなかれと我が行く手はびこりきたれり背高泡立草《ゴールデンロッド》

秋来ぬと花やつぶら実とりどりの色や顔して謳へとなびく

夫婦丹頂

卒寿わが生誕日あさ早起きし妻炊きくれぬ赤き強飯《こはいひ》

とりどりに花や実あかく染む色に湧くいつくしみわが胸うちに

何事も無きいま刻々を貴べとわが前あゆむ夫婦丹頂

わが歩み阻むごとけく遠山に雲たむろして雨を呼ぶ色

錦木の幹の翼のコルク質しかと摑みてウォーク完了

賜びにける丹波黒豆ふくらかに炊き上りたり息ふきて食ぶ

サムライを付して呼びたがる風潮をわれ怪しみてまなこ冴えくる

教育へ国家介入まさなかに育ちし我なり韓半島に

ラ・マルセイエーズ

ウォーキング終へタイムス音読冒頭はテロ襲撃のパリの惨状

こころ痛みひろぐ外字紙《タイムス》の映像はテロに倒壊パリのシーン

人憎む勿れと言へど罪無きをあまた殺むる教義恐るる

癒え難くわが臥す峡に歩みたび祈りしフランス修道女ゐき

死に近き結核患者に寄り添ひて祈りしフランス聖女想ほゆ

自由博愛フランスこがれ若き日に唄ひ覚えきラ・マルセイエーズ

苑に来てフランス淑女に逢ひしわれ唄ひたりしかラ・マルセイエーズ

わが唄ふラ・マルセイエーズに直ぐ立ちて聴きたびしかのフランスカップル

晩秋の雨の日曜うたたねの我さましゆく古紙回収車

戦前の史実知らざる世継ぎらが舵取るさまを危ぶみて見る

卒寿まで永らへし我しみじみと恩蘇《よみがへ》る面輪ほのぼの

卒寿のせまる

12・8来たれば浮かぶ開戦の勅令朝のびんたの響き

土屋文明選歌後評のスリル感われを引き付けて今在るいのち

大正にソウルに生まれ敗戦にて踏みし母国よ冬の緑よ

いくさ敗れ襤褸《らんる》をまとひ出願の我を雇ひてくれし米軍政部

部屋ごとに拡大鏡《ルーペ》買ひきて外字紙の音読たのしむ何時も何処でも

外字二紙音読終へて歩み出づ草の小径にバッタとばせて

九十に達して何の執着ぞ尿のたびごと色たしかむる

千両と万両の違ひをスケッチし妻言ひくるる聞こえぬ我に

細りゆく腕《かひな》危ぶみ庭に出で木刀を振る師走の空に

年を取るほどに時ゆく速しとぞ拝む遠山冬に入る色

わがいのち一年後《のち》は知らねども永らく有難う賀状の隅に

たわわなる柊の実に手をのべて今年かぎりと言ひたりしかな

憲法を護る歌びと集ふとぞ起たずば我はも卒寿のせまる

戦争法まかり通りて危ぶめる歌わきやまず年逝かむとす

危機感《クライシス》つね胸底に居坐りておほどかな詠みとぼしかりしか

ニューヨークタイムス音読終へて歩み出づ小寒に入る霜の坂道

批判精神《クリチズム》先細りゆくマスコミに怒り失望このひととせよ

可動域ひろげくるると療法士われを腹這はせ脚を上げしむ

点滅のライトにフランス柊の赤実かがよひ仰がしめゐる

紅雲

南溟に散りにし友の呼ぶ声か初日まぶしみ掌を合はすとき

石三つ鳥居に投げ上げ祈るなり第七歌集の完成目指して

ただならぬ我が国運の転換に初日拝みて歌への覚悟

宮参りドライブ前に木刀を北に振ひてウォームアップ

申し訳なき心地して踏み歩む冬の真みどりクローバーの径

杖持ちて歩むべきかも細き道ゆらゆらと行くわが長き影

改憲の根本ひそませ新年の抱負のべ会ふ画像即消す

夕支度はじむる妻に声かけてピアノ初弾き「エデンの東」

供へゐし七草粥を夕くれば熱くしすする護りたまへと

鉈豆《なたまめ》を妻きざむ音ききゐつつまなこつむれり歌わき来《く》らし

寒き日はただ籠りゐて目を閉づる此のうつしみを諾はむとす

一年後の命やいかに卒寿のわれ掌を合はせけり寒の紅雲

戦前を知る人あひ次ぎ身罷りぬ我にもその日迫り来たれり

文旦

昨夜撒《ま》きし豆ちらばれる門あけて受け取る重き文旦の包み

追儺の日すぎて年々贈り賜ぶ我が母生れし里の文旦

黒潮を吹きて来たれる風受けて成りしか黄金の文旦の玉

マーマレイド一年分をと文旦の皮きざみゐる妻丹念に

文旦の皮の厚きに包丁を当てて引き裂く妻の手を見つ

出詠を諦めゐしが風邪の熱ひきてまぶしき菜畑の中

風邪ひきてまどろむ耳に文旦の皮きざみゐるリズムある音

籠もりゐの我を覚まして文旦の皮煮る香り部屋に充ちきぬ

卒寿わが生きむ力を秘め持つや畳にころがす文旦の玉

歯を抜くか控ふるべきか卒寿まで生きて尽きせぬ我が迷ひかも

上半身カメラに向けて低頭し何あやまらむとか侘しく見つむ

遅れ咲く節分草に頬ふれて命おもへり春はふたたび

優しかりし人ら早くし身罷りぬ賜《た》びし御恩に報いるなくて

II

平成二十八（二〇一六）年三月〜

草萌ゆ（i）

外字紙の音読つづくるわが声の胸にひびきて今日の始まる

外字二紙声出し読み終へ草の径ウォーク二十分午前のノルマ

人に逢ひ笑まひ交してウォーク径ひた歩むなり帰り着くまで

味噌作り助くるは今年かぎりかとつい口に出でミンサー廻す

あらたなる病告げられわが歌の調べ自づと変りて来しか

草萌ゆ（ii）

戦争に駆られし魂らが神経の研《と》ぎ澄まされむ桜《はな》の季《とき》来ぬ

卒寿まで生きたりしかば明日想ふ勿れと引締むシューズの紐を

住める人おはすや否や黄金にミモザ花垂る塀仰ぎ行く

九十に達したるわれ歌よみて清書し投函やすきにあらず

初夏に咲くローズマリーの小花たち弥生に萌えて香り放てり

世の動き険しかるいま隠れゐる事実を凝視し詠みたしわれは

受験いま最中のヤングに幸あれと丘に上りて聞く街の音

右傾化の政権《レジーム》支持率恒常をいぶかしみ繰る弥生の暦

蒙りし御恩返さむ人あまた若くし逝きぬ面輪うかびく

「想定外」言ひたき面輪高名なる学者らまたぞろ無力晒せり

ニホンより即原発を撤去せよ抗ふなかれ神の黙示ぞ

桜ばな口に含みて歩むかな甘苦き香も今年かぎりか

いちめんに雲わき来たれり屋根に干す布団入れむと二階に走る

敗戦後土佐にて遇ひし激震に二階より飛び降り今在り我は

いちめんに大地光りてごうと鳴りき我れ十九の震《クエイク》体験

若き日に覚えし英詩《ポエム》のひとかけら口に出でくる若萌えの径

人はなぜ春よ春よと焦がるるや我には悲し桜吹雪くは

さくら花帽にぞ挿して出撃の友らの笑まひ忘るる日なし

草みち

人に逢ひ笑まふのみなる己が様わびしと想ふ歩む草みち

引き揚げて肺病む体やしなひし土佐の蚕室まぶしかりにき

ガラス器具搬送のとき緩衝《かんしょう》の材たりしといふ白詰草は

寒からずまた暑からぬ季きたる限りある我が命詠めよと

5・3

憲法を考へみよとぞ5・3を旗日《はたび》と決めし先達たふと

うしろより前より来たれる車たち庇ひくるるや歩める我を

布団干す屋根にゆたけき風立ちぬふくよかならむ今宵の床は

生か死か山深きかの療院《サナトリウム》出でて幾とせ蒙りし恩

五月の光

戦争か否か重たき岐路おもふ光まぶしき季《とき》到りたり

冬越しし蛙わが行く草みちに跳び出で来たるまめなりしかと

日本軍殲滅の島想ほゆる雨に打たるるアッツザクラよ

療院《サナトリウム》出でにしはるか卒寿まで生きて目を閉ぢ歌よむうつつ

雀らに飯食はせやる姉の声雪どけ迎へし越後よりの電話に

「アララギ」に出詠せしは二十代生きては出られぬといはれし療養所

わが歌をラヂオに読みて下されし文明先生の声いまも聞ゆる

クラシック聴きつつ昼は目をつむる目覚むる多き我が夜のため

雨の日

雨のなか歩み帰りて撫でゐたり白《しら》み来たりし葉は半夏生

注文の本来たれりと言ひくれど雨やむ間なく水無月二十日

雨の日は坐してまなこをつむりゐる眠り浅けきわが夜のため

職辞して幾十年か昔日を語り合はむに皆亡《な》き人ら

敗戦に傷《いた》みし身をば大陸ゆとどけくれしよ米軍の恩

今ここに生き存《なが》ふるは誰が恩ぞ想ひみるべしまなこを閉ぢて

ときめきの夢こがれつつ寝ねしかど朝はさみしく目覚めたりける

ルーペ無しにニューヨークタイムスを音読し歩み出でけり草萌ゆる径

耳遠きわがスマイルは最良の挨拶たりと笑まへり今日も

七月が来たれば想ふ若き日にわが肺切りし先生の恩

九十に達したりしと森の中あゆみを止めて拝めり四方《よも》を

わがいのち最後の盆と想はれて丹念に摘む墓の小草を

土用三夜の露あびよとぞ干し広ぐ大梅小うめら増す紅のいろ

九十まで生きし我へのお返しか夢に立ち来るほのぼの面輪

再びは来たり拝まむありやなし抱きやまざり父母の墓石を

死に場所と言はれし山療に五つとせを黙し臥しつつ学びし数多

三つきでも保たばと言はれ退所して幾十年か我九十に

朝顔もみな枯れ果てし庭なかに何の小花か飛び石に踏む

終戦日に

耐へ難き暑さに弱りきりしわれに詠めよと立ち咲く千日紅は

終戦日に病みてソウルに臥しゐたり鬼畜出て行け投石の中

まぶしかる空を仰ぎて祈りたり落としたまはれ雨一滴を

見知らざる人より受けし恩あまた浮かびやまざり今日あるわれは

白桃

みどり濃きさくら葉胸に歩むあさ命しみじみ沁み来たるもの

想ふこと無き今をこそ喜べと声は森なかの岩に坐れる

背や胸を突つかる如き心地する森の小径に郭公の声

蛇や蛙来たらずなりし庭に立ちさみしと見上ぐ雨やまぬ空

離れ家へ導く青き飛石をおほひて靡く銀盃草は

皇太子《プリンス》はここ赤磐に来たまひて白き桃をぞちぎりたまへり

白桃《しろもも》のゆたけきをかぶりつかむとし茂吉の歌を想ひ出でけり

散歩

敗戦にて帰りし里に病み臥せる土佐よ蚕室よあたたかかりき

楽しみはと聞かれて「サンポ」と答へしが咳出でやまず歩み止めたり

九十まで生きたりしかば遺す無しただ片付けの迷惑を詫ぶ

九十年顧み想ふ苦しみの多かりしかな遠のくメモリー

山の奥を焦がれて歩む朝々の草みちに拝む青き遠山

秋茄子を油に炒め甘辛く煮てくるる妻ありがたきかな

亡き父母の離れ家に独り詠みてゐるわが足もとに蚊遣りくゆらす妻よ

洗髪し眠らむとする明日よりイングリッシュバイブル受講始まる

貴重なるわが真昼間の昼寝どき来訪ベルを怖れまどろむ

読み得ざる本を束ねて離れ家に積みしが捨て得ず本といふものは

高温警報聞きつつ着替へし出でむとす英語バイブル朝の受講に

生きてまた出られぬ処と言はれゐし山療《サナトリウム》出でて幾十年ぞ

生か死か黙《もだ》し臥しける五つとせよ浮かびてやまず山の療院

一年はおろか幾月持つかとも言はれて復職つとめ果たしぬ

かゆいかゆいとあちこち体を掻かしめし父をし想ふわれは九十

ただ歩むのみのわが使命感あつき茶を飲む帰り来たりて

「アララギ」に入りてゆ早も幾十年救ひくれしよあまたなる恩

秋ふたたび

倒れなば仕舞ひと言ひきかせ行くウォーク径ゆ手を挙ぐ妻に

まひる野に入りて早も幾十年か命たびにし恩忘れめや

買ひ物へ誘ひ下さる若き友ありて赤かぶらまた小いわし

鳥の声山の水音よわれ生きて命ふたたびの秋にぞ会はむ

さんぽ終へて珊瑚樹の太き幹つかみ庭に立ちたりああ達成感

むつかしき花の名知らねどただ歩む我を呼び止むる鳥の季きぬ

昼寝より覚むればば外はまだ明るく紅葉に射しゐるまぶしき夕日

あさあさのウォークの径を予定よりちぢめてやつと今日も完了

真夜三時覚むれば生きて我は在り蟹の横這ひにて用たしにゆく

眠れざりし散歩の我を遠くより見守る妻ゐて今日の始まる

わが歩みたしかめくるる妻ありて保つ命のけふと思へり

行く水の流れに沿ひて歩むとき在るがままにと水のかがやき

鳥の声山ゆく水音ききゐつつけふ在る命と天を拝めり

朝のあかり

目覚むれば障子に朝のあかり見ゆわれ生きて在りと眼つむれり

起きがけは心立たしめ立つべしや立つべし我や生きねばならぬ

カルピスをぬくめて飲めば遠き日のはるか戻りて目を閉ぢ眠る

生きゆくは命懸けなり足裏にカイロを貼りて朝は立ちたり

かゆきところ掻きたくばかけと言ひをれど九十いまの体となりぬ

鶏頭の花らいよいよあかあかし庭ゆくわれを呼ぶがごとしも

安らけく母国へ送りくれたりし米軍の整斉の邦人保護いまも忘れず

われ篤くソウルに病みて臥しゐたり忘れず8・15正午の騒乱開始

いくさ敗れてまた戦はむ国めざすのか危ぶみ見つむいま政治家を

欠詠は何が何でも避くべしと掟《おきて》守りぬ幾十年を

わが歩み確かなれよと遠くより見詰むる妻ありありありがたきかな

北風のごうとし鳴ればたちまちに雪落ちきたりし病舎しのばる

英字紙の半分ほどは読みにしか昼くれば眠るわが夜のため

けふいよよ冬の入りとぞ編みくれしネックウォーマー付けて散歩へ

いくさ敗れて民安らけき日保ちきぬ許すな再び戦ふ国を

あとがきに代えて

この歌集は松岡正富が第七歌集として平成二十六年十月から平成二十九年二月まで、「新アララギ」・「まひる野」・「法曹歌壇」に投稿し、選を受けて掲載されたものをまとめたものです。

平成二十八年秋までは、何とか自分でノートに整理しておりましたが、病の進行が意外に早く、年明けから字がほとんど書けなくなり、「あとはよろしく」と申して逝きました。短歌の心得のない私は途方に暮れておりました。いままでお世話になっていました砂子屋書房の田村雅之様にご相談致しましたところ、快く引き受けて下さりありがたく存じました。

行動は出来ないので、ただ詠むだけと申し、第一歌集から第六歌集まで一貫して憲法九条擁護、戦争反対・平和を願う歌がくどいほど出てまいります。本人の気持ちをお汲み取り下さりお読みいただけたら幸甚に存じます。念願の第七歌集を自分で手に取る事は出来ませんでしたが、皆々様のお力添えのお蔭と彼の岸でよろこんでいることと思います。

各歌壇の選者の先生方には、長年に亘って大変お世話になりましたこと、あつく御礼申し上げます。

また、第二から第七歌集まで美しい装幀をして下さいました倉本修様、ありがとうございました、感謝を申し上げます。

最後になりましたが、校正からすべてをお引き受け下さいました砂子屋書房の田村雅之様のお蔭で、この歌集が出版できましたことを、こころより厚く厚く御礼を申し上げます。

二〇一七年六月朔日

松岡由子

1926（大正15）年　ソウルに生まれる。
1945（昭和20）年　戦後引き揚げ，高知，広島へ。
2017（平成29）年３月没
「アララギ」「新アララギ」会員　1952（昭和27）年～
「まひる野」　会員　1975（昭和50）年～
「法曹」短歌
歌集『丘の飛行船』『みどり山繭』『若きらよ』『千万の乳房』
　『飛燕草』『おいらん草』

歌集　祈念
二〇一七年八月一五日初版発行
著　者　松岡正富
著作権継承者　松岡由子
岡山県赤磐市沼田五八〇—五
郵便番号　七〇九—〇八一二
発行者　田村雅之
発行所　砂子屋書房
東京都千代田区内神田三—四—七
郵便番号　一〇一—〇〇四七
電話　〇三—三二五六—四七〇八
振替　〇〇一三〇—二—九七六三一
URL　http://www.sunagoya.com
組　版　はあどわあく
印刷所　長野印刷商工株式会社
製本所　渋谷文泉閣株式会社